屏廬叢說

金鉞

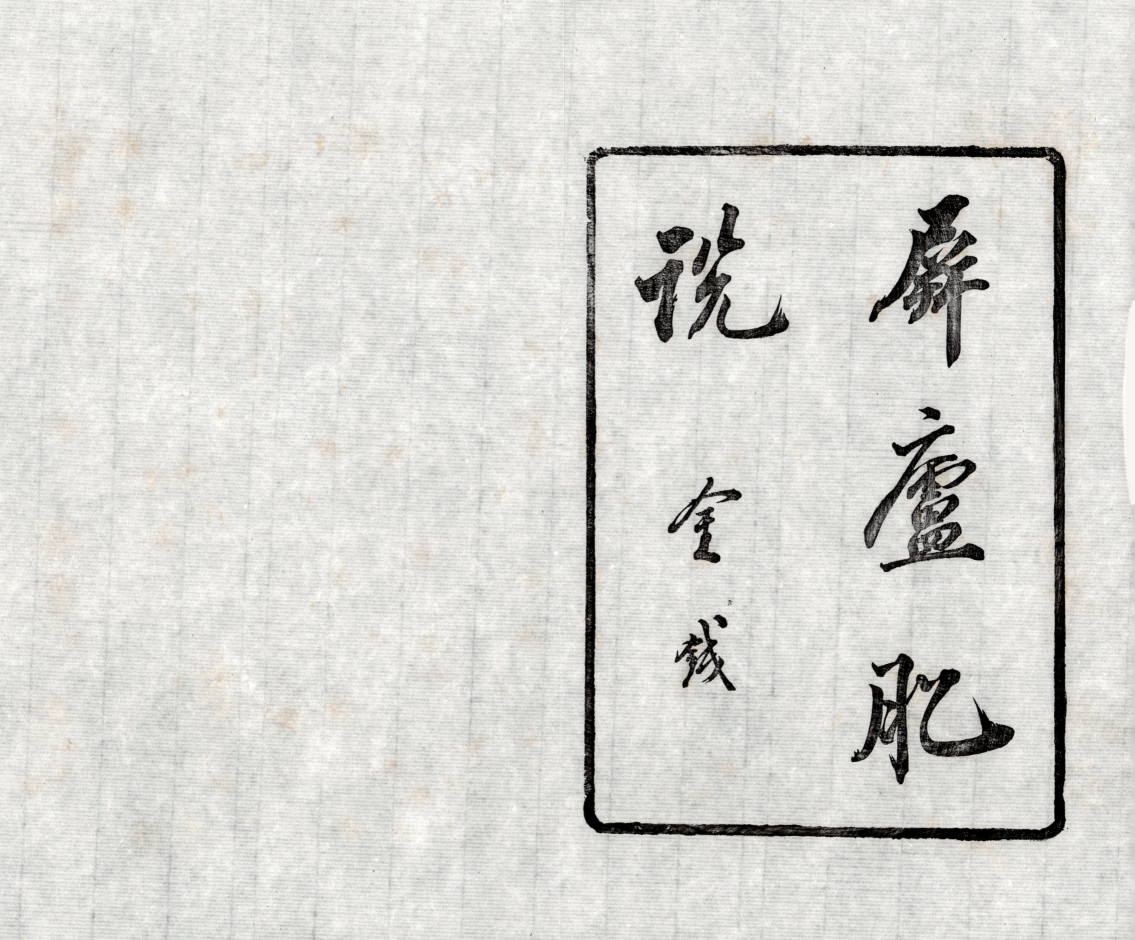

屏廬肊説題詞

浚宣成漫簡復在漫簡中擇出十五篇純是自己語言故謂之肊説其言則子書之流也世之爲經學恐人謂其無師承爲文章恐人謂其無宗派余心鄙之久矣浚宣此書有能讀者會心於博約詳畧之間則不負作者之意也辛酉七月天津王守恂

屛廬肊說

近所爲漫簡一書既已寫定復於其中選得十有五則次錄爲篇別題曰屛廬肊說藏之篋衍用自展玩辛酉初秋天津金鉞

自古英雄駕馭人才之道必假乎功名自古聖賢範圍人心之道必假乎名教是故名者實之用實者名之體實立而名起名存而實副物無巨細各有定名相因而生相資爲需

善善惡惡人之所同好名之心人皆有之沒世無聞君子弗尚名如不好則其所好者將不可問矣惟好名有真僞之別真好名者因名以求實僞好名者徇名而忘實真好名者修己而遺名僞好名者媚人而盜名故真者可卓然千古而僞者則徼幸一時耳

讀書看畫展册臨帖手污痕迹最爲厭人一

經污漬便難滌去陸務觀詩看畫客無寒具手良有以也君子立身亦然雖有大純難掩小玼天地鬼神昭昭鑒察兢戒曰戰戰慄慄日謹一日人莫躓於山而躓於垤

日中則仄月圓而虧得失無常聚散莫定必然之理也故飄風暴雨不終朝俄喜尋悲等劇場何者爲真何者爲假何者能久何者是暫試觀史冊所載其豐功偉烈威震一時與

夫茹苦含寃慘痛一時者今皆安在今皆若何惟如急流勇退懸崖勒馬者非真識堅力卓而孰能哉噫若此者千古英雄中能有幾人遑論其下焉者耶

用兵之道强淩弱實勝虛勢必然也戰而後能守守而後能和我欲守矣力本不可以戰其誰容我守哉我欲和矣力本不可以守其誰容我和哉觀夫奕局可以喻矣恒言創業

難守業亦不易不獨謂守業者閒燕安榮驕奢淫佚之易生創業者奔波勞碌經營構造之難成也葢能守者亦必兼夫能創以禦外患之來而後始可能守不然惛惛懵懵墨以守之即無驕奢淫佚則覬覦者亦自有術以誘之幾何不見其傾敗耶質言之守業者可以無才不可以無識創業者有識尤必有才耳

凡能成立事業之人無論有若許短處總有一二特長凡致傾敗事業之人無論有若許長處總有一二特短各有因由理無或易若謂有幸有不幸斯則言其變而非道其常矣」

道以衍而歧理以玄而晦僧徒褕袈鐘磬之事起如來而問之如來必曰吾所不知也道士章咒符籙之術起老莊而示之老莊必曰吾所不解也儒家談天說性之學起周孔而

告之周孔必曰吾所未聞也無乃皆失本旨歟

儒之明體達用釋之無生無滅道之清淨沖虛於治世安民克己養正之道本屬並行不悖未嘗相迕而三教之徒往往互相排斥爭長嗤短何其多事之甚而不一思本源耶要宜各歸其所宗各依其所得不必相非亦不必相效究其實本未可非非之毫無所損本

未可效效之未見其似也

儒者之道皆在日用尋常之間求所以不偏不易中庸而已舍日用尋常而外即古聖賢亦無他長也佛老之道一逃空無一尙清虛吾人於其書偶爾讀之如醫藥然因證而施藉資補救熱盛則涼之實盛則下之雖峻藥猛劑烈味毒品用其急救一時有其病以當之自不見其偏之爲害也

陳文恭公書牘有云隔山之高低不在山也在乎人之心耳予謂人心不同有如其面況一人有一人之地位一人有一人之遇合一人有一人之事業茲茲宇宙種種萬端本非一人之材力所能盡而人亦各有能有不能只宜各安本分各遂天真憂其所憂樂其所樂羡人不如修己强同不如各異也

嘗遊田間見守田者宿團焦中較之潭潭府中居者固有迴別然曉吸丹霞晚沐清風花香馥郁菜色葱蘢亦自別有厚獲也由此推之舉凡物理長中固自有短短中固自有長何必自滿而傲人何必自餒而騖外仰觀乎山俯視乎淵高之上猶有高在低之下猶有低在高固無盡高低亦無盡低也放眼而觀退步而想平其心靜其氣隨遇而安何等快活褊淺斯除煩惱自卻

長中固自有短短中固自有長凡取人讀書皆當作如是觀以之取人則人盡在我陶治之内而我不爲其所惑以之讀書是書皆有彼心得之妙而我不爲其所囿葢萬物無不短於其所長而長於其所短知此則化無用爲有用有用又或莫之用矣

夫人一視一聽一言一動與夫喜怒哀樂之發愛惡疑懼之生其所以然之作用皆由心

君使之然也故事無巨細其臨之也必權之以心凡事只宜求以事問心不可使心隨事揚則雖處叢脞之中亦安靜裕如而應遇得方矣不然以一人區區有涯之心思而逐天地茲茲無涯之萬象加之以隨得而喜隨失而憂隨順而驕隨逆而沮隨譽而興高隨毀而意忿豈非如莊子所謂以有涯隨無涯殆已予之心神時因事而飛揚浮躁不能鎮定

此皆内不自堅外得以擾之毫無濟事反多妨害何異兒女子之見哉今記於此并論數語以自箴

晦晴寒暖天道之常憂喜勞逸人道之常有晴無晦有喜無憂有和暖無嚴寒有優逸無煩勞未之有也貴爲天子不能事事順心賤爲奴僕不能處處拂意愈立大事業享大受用者愈不知歷盡幾許艱難險阻顛倒拂逆如樹木之必歷秋冬迭受摧殘肅殺之後而後盤根錯節元氣内含堅其質而厚其原一俟春陽即油然而發育再經夏雨則勃然而茂盛矣四序循環未可偏廢偏廢則萬物皆將不得遂其生人之所以爲人亦猶是也凡嗟天怨命嘆微傷寞器識既淺福澤將薄縱得騰達難期英烈故君子只求順理不求順心若概求順心不但失之放天下亦斷無盡

順無逆之境遇也是以於理則順順雖被刀鋸斧鉞而神明灑然於理不順即處朝堂華膴而天君戚然然則順理即所以順心理悖而心必爲之不安清夜自反此心難昧理即在心應用無窮何事遠求乎哉

恒言逆來順受是順理之謂非一味含容之謂彼以無情無理相加我不以無情無理相報而以順情順理相待所謂以直報怨以德

報德斯得其中矣若苟且偷安自討清淨諸凡廢弛任人蹂踐概引逆來順受爲詞然則湯武征誅豈非千古多事之甚而爲篡奪之罪魁哉

昔人有言降敵非難難在降敵之後作何安插耳此語大是有味所謂靡不有初鮮克有終也大凡辦事有如治病不難於立法而難於接方有效當如何收功無效當如何易轍

定見在曾隨機變化詳審病狀據證措施不因其病危見彼呻吟皇遽而爲之矜持不因其病微見彼行止未礙而爲之苟且一矜持則不敢爲矣一苟且則貽後患矣故君子處事先求平心勿忽於小勿餒於大勿苟於簡勿憚於繁勿因緩而生懈怠勿因急而徒恐慌勿因輕而不致力勿因重而失主宰事雖有大小繁簡急緩重輕之來而此心常抑揚

而進退之總視之如一庶乎無所紊亂而克全終始矣若反而例之則忽於小者必餒於大苟於簡者必憚於繁生懈怠於緩者必徒恐慌於急不致力於輕者必失主宰於重觀人於微慎終於始又可於無事時之舉動而知其御事時之才幹於經始時之出入而知其臨終時之結果矣

右次各說若斷若連會而通之其味悠

然外而天下内而心田旁申類引可推
求焉屏廬自題

屏廬肊說

屛廬肊說次序

屛廬肊說次錄既竟屛廬子自序其次曰第一說總論求實之道自一身以至於天下壹是皆可爲本也第二說愼獨之道謹斯嚴嚴斯敬敬則寡尤第三第四進退之道顧必知退而後可進故先之以退次之以進第五總論成敗之大端止此可爲篇之上第六總論三教之失第七總論三教之得第八言儒道之大旨第九第十第十一以次推衍止此可爲篇之中第十二論治事之道先自求治必第十三第十四第十五其義相蒙而相足以克成終始爲極止此可爲篇之下古人著書其微意多不欲顯然使人知予自舉其意如此非欲人知亦不願自隱冀有道君子有以裁之

屏盧肊說篇目 肊說十五可分可合各標一題綴紀於末

坿

名物

萬物各具一形因其形而爲之名名者所以表其形別其類而號於物也物固未嘗自有其名一由諸人名之也故同一物也而或因地因時因習俗因方言其名有不同者焉更或同一物也有此地取之彼地棄之此時用之彼時廢之此俗好之彼俗惡之此方保之

彼方踐之者而物又惡能自主乎於其閒哉人之是非譽毁重輕尊賤亦猶是焉美麗一國國人不以國色目之美者無如何也才宏一國國人不以國士遇之才者無如何也道術深矣而人不是而譽之反非而毁之有道者無如何也德行高矣而人不重而尊之反輕而賤之有德者無如何也是以窮通顯晦任諸天而是非譽毁重輕尊賤其機原不在

我乃聽之於人者也而績學砥行修身養志其權又非由人乃操之於我者也故君子止守分以安命不徇外而搖内

趣舍

生者死之對有者無之對有之初也其爲無生之初也其若死生死莫測薪盡火傳有無相通水到渠成氷炭性反因乎所須以成用輪櫂能殊視乎其途而爲功若乃挽舟於陸

推轂於淵揮箑於冬披裘於夏諸如此者物雖如故用之則違功弗就矣況物當其時而應人之所求也人則愛之護之惟恐其或失物非其時而遇人之無取也人則憎之厭之惟恐其或留是以富貴貧賤皆循環而薦至其於身世也無恒聰明聾瞽要因事而知機其於涉處也乃濟驗往知來觀人省己達者亦可以知所趣舍矣

近作名物趣舍二篇名物篇與肊說内名實篇義可相輔趣舍篇與肊說内憂樂篇理可相貫肊說既已開雕用坿於後尊所聞抒所見故不嫌其瑣也辛酉九月晦金鉞記

今之楹聯古人有柱銘之目銘於文體爲最古故盤盂户席皆有之取其因文見道隨所觸而有陶養德性之功意至善也楹聯昉於後蜀流變至今大都標舉風流藉供清賞靡文無實君子病之吾友天津金君浚宣生長華腴超然塵表自辛亥以後究心六書之學及表章鄉先正文字刊行多種比又瀏覽丙部家言擇其有益身心者集成偶語百聯鈺

得而讀之喜其於今日風會所趨有對證發藥之妙義典則宏文約爲美謂此得柱銘之遺旨作楹聯之正宗可也操觚之士有爲人心風俗計者其必有取於斯辛酉長至節長洲章鈺

偶語百聯

虛室沈寂寒夜擁爐臨池伸紙以書寄趣其於楹帖或集成語或寫衷曲信口占吟隨筆塗抹積之帀月所得遂多擇取百聯次爲一卷凡爲成語注所出焉或謂至言或謂腐語或會其意或哂其愚或以爲小兒淺識或以爲老生常談此在閱者各具眼孔吾固不得而知姑試言之姑試聽之吾則以此自警以此自娛人則以此閒觀以此解頤可耳儻世之書家於濡毫時擇而施之俾收藏者張諸座右書法既足以悅目語義復足以清心重書法者將因語義益加珍貴愛語義者將因書法益加玩索則此編固未嘗不可爲墨林之助而墨林又未嘗不可爲此編之助云辛酉十一月

中澣天津金鉞識

四言

鳶飛魚躍

軫方轂圓

上德不德 老子

至言去言 莊子

循天之理 莊子

惟道是從 老子

復歸於樸 老子

唯庸有光 莊子

五言

圖難於其易 老子

緣督以爲經 莊子

淡乎其無味 老子

信矣而不期 莊子

無智亦無得 心經

多易必多難 老子

六言

圓爾道方爾德 關尹子

挫其銳解其紛 老子

平爾行銳爾事 關尹子

和其光同其塵 老子

知其榮守其辱 老子

柔勝剛弱勝强 同上

少則得多則惑 老子

知其雄守其雌 同上

知其白守其黑 老子

窪則盈敝則新 同上

曲則全枉則直 老子

强而弱忍而剛 六韜

去甚去奢去泰

多福多壽多男 以華封祝對老氏語三去則三多不亦善乎

七言

履險如夷懷泰豆（泰豆古之善御者造父之師甘蠅古之善射者飛衛之師出列子湯問篇）

視微若著契甘蠅

鴈過寒潭不著迹

風搖疏竹暫低頭

夢裏悲歡參世事

食前濃淡味人情

盈杯水具四海味

千古月共一輪光

氣節激昂宜守遜

才能英敏務平情

守要嚴明勿激烈

趣雖沖淡莫偏枯

清介可無含垢量

精明切戒察淵深

心事如天清日白

才華若玉韞珠藏
意氣如春風和暢
胷懷似秋月清明
盛德多不矜不耀
至人常若無若虛
能除物累方臻聖
擺脫塵紛即是賢
文章百世神常在

氣節千秋名不磨
有字書中皆陳迹
無絃琴外會神思
放眼會心齊物論
警身藉鑑非儒篇
畏人喜讀於陵子
妙筆追思太史公
心頭納刃纔算忍

方寸不倚即爲忠
不失寸步方能守
推茲一片即爲慈
亦如此心便是恕
能固其元斯爲完
言必自顧乃近信
貪中稍差即成貧
心能見真自然慎
言而有成斯謂誠

八言

爲學日益爲道日損 老子
至樂性餘至靜性廉 陰符經
藏識於目藏言於口 亢倉子
大方無隅大象無形 老子
知足不辱知止不殆 老子
大成若缺大盈若沖 同上

上德若谷大白若辱 老子

見小日明守柔日强 同上

損之而益益之而損 老子

知者不言言者不知 同上

直而不肆光而不耀 老子

輕則失根躁則失君 同上

表拙示訥知止常足 抱朴子

捐忿塞慾簡物恕人 關尹子

見素抱樸少私寡欲 老子

宰思損慮燕氣谷神 亢倉子

有德司契無德司徹 老子

惠種生聖癡種生狂 計倪子

同志相得同氣相感 三略

以靜待譁以佚待勞 孫子

絶嗜禁欲抑非損惡 三略

博學切問推古驗今 同上

恭儉謙約親仁友直　三略

深討遠慮高行微言　同上

至人常遜美而公善　菜根譚

哲士多匿采以韜光　同上

立業須向實地著脚

澄心要從虛處入門

立榮名不如種陰德

尚奇節何若謹庸行

九言

苦心中常得悅心趣致

得意時須防失意悲來

至人是忘世未嘗離世

賢士不趨時亦貴隨時

十言

芝草無根志士自當奮翼　菜根譚

縱雲易散達人宜早知機　同上

滋味濃的讓三分與人嗜　菜根譚

路徑窄處留一步勿獨行　同上

一念慈祥可醞兩間和氣　菜根譚

寸心潔白堪昭百代清芬　同上

千載奇逢無如好書良友　菜根譚

一生清福只在淨几明窗　同上

萬善源頭先自寸心挹損

百福駢至只從一念慈和

五味皆非真真味只是淡

奇人豈算至至人惟守常

文章作到極高只是恰可

聖賢本無奇異就在平常

十一言

徧閱人情始識疏狂之足貴　菜根譚

備嘗世味方知淡泊是爲真　同上

地寬天高尚覺鵬程之窄小　菜根譚

雲深松老方知鶴夢是悠閒　同上

黃鳥情多常向夢中呼醉客　菜根譚

白雲意嬾偏來僻處媚幽人　同上

紛擾固勞形貴當棲神元默

寂枯亦槁志還宜暢吾天機

十二言

隨時善救時若和風以消酷暑　菜根譚

混俗能脫俗似淡月之映輕雲　同上

蛾撲火火焦蛾莫謂禍生無本　菜根譚

果種花花結果須知福至有因　同上

貧士肯濟人纔是性天中惠澤　菜根譚

鬧場能學道方爲心地上工夫　同上

心與竹俱空問是非何處安脚　菜根譚

貌如松常秀知憂喜無由上眉　同上

掃地白雲來纔著工夫便起障　菜根譚

鑿池明月入能空境界自生明　同上

造化喚作小兒切莫受渠戲弄　菜根譚

天地丸為大塊須要任我爐錘　同上

寵辱不驚閒看庭前花開花落　菜根譚

去留無意漫隨天外雲卷雲舒　同上

十三言

心地上無風濤隨在皆山青水秀　菜根譚

性天中有化育觸處都魚躍鳶飛　同上

舌存常見齒亡剛强終不勝柔弱　菜根譚

戶朽未聞樞蠹偏執豈能及圓融　同上

翠篠傲嚴霜節縱孤高無傷沖雅　菜根譚

紅蕖媚秋水色雖艷麗何損清修　同上

興來醉倒落花前天地即為衾枕　菜根譚

機息坐忘盤石上古今盡屬蜉蝣　同上

忽來天際彩雲須防好事成虛事　菜根譚

試看山中靜木方信閒人是福人　同上

遺世不遺名似羶存而蚋必仍集　菜根譚

了心自了事猶根拔則草豈復生　同上

處世讓爲高退步即進步的張本

待人寬最好損己是益己之根基

十四言

澹泊是高風太枯則無以濟人利物　菜根譚

憂勤誠美德過當將何能適性陶情　同上

撥開世上塵氛胸内自無火炎冰兢　菜根譚

消卻心中鄙吝眼前時有月到風來　同上

隨緣便是遣緣似舞蝶與飛花共適　菜根譚

順事自然無事若滿月偕盂水同圓　同上

作人只是一味率真蹤跡雖隱還顯　菜根譚

存心若有半毫未淨事爲縱公亦私　同上

秋蟲春鳥共暢天機何必浪生悲喜　菜根譚

老樹新花同含生意胡爲妄別媸妍　同上

一溪流水一山雲行處時時觀妙道　菜根譚

滿室清風滿几月坐中物物見天心　同上

逸態閒情惟期自尙何事外修邊幅 菜根譚

清標傲骨不願人憐無勞多買胭脂 同上

十五言

階下幾點飛翠落紅收拾來無非詩料 菜根譚

窗前一片浮青映白悟入處盡是禪機 同上

責己是衆善根源觸事皆成鍼砭藥石

尤人實諸惡路徑當前便有荆棘戈矛

十六言

出世妙法須求諸涉世中何事絕人逃世

了心工夫本即在盡心內不必滅性灰心

感與應俱適如彩色描空空色各無著落

心同境兩忘似光鋒斷浪浪鋒全不留痕

十七言

夢裏懸金佩玉事事逼真睡去雖真覺後假

菜根譚

閒中演偈談元言言皆是說來似是用時非

同上

晝閒人寂聽數聲鳥語悠揚不覺耳根盡徹

菜根譚

夜靜天高看一片雲光舒卷頓令眼界俱空

同上

霜天聞鶴唳雪夜聽雞鳴得乾坤清純之氣

菜根譚

晴空看鳥飛澄水觀魚戲識宇宙活潑之機

同上

水煖水寒鴨先知會心處要宜默驗以自賞

花開花謝春不管拂意事何必煩瑣對人言

十八言

鴻未至先援弓兔已亡再發矢總非當機作用

菜根譚

風息時休起浪岸到處便離船纔是下手工夫

同上

遇事只一味鎮定從容縱紛若亂絲終當就緒 菜根譚

待人無半毫矯僞欺隱雖狡如野魅亦自獻誠 同上

得趣不在多拳石盆池便可作萬里山川局勢

會心莫務遠片文隻語即宛見千古聖賢胸襟

十九言

蓬茅下誦詩讀書日日與聖賢晤語誰云貧是病 菜根譚

樽罍邊幕天席地時時共造化氤氳孰謂醉非禪 同上

白雲出岫去留一無所係試思矜名何若逃名趣

朗鏡懸空靜躁兩不相干看來練事那如省

事閒

二十言

向寒微路上用一點赤熱心腸自培植得許多生意 菜根譚

從紛鬧場中出幾句清涼言語便掃除了無限殺機 同上

真空不空執相爲非破相亦爲非問如來云何發付 菜根譚

在世出世徇欲是苦絶欲也是苦聽大衆善自修持 同上

二十一言

釣水逸事也尚持生殺之柄可見喜事不如省事爲適 菜根譚

奕棋清戲耳且動戰爭之心試思多能何若無能全真 同上

二十二言

聰明人宜斂藏乃反衒燿是聰明而愚懵其病敗將必矣

富貴家應寬厚殊更刻薄實富貴爲貧賤之行亭能久乎

右凡注爲菜根譚者閒有因原文未能對仗及稍涉灰冷略加削易多則數字少僅一二復有采厥義旨別撰文辭形貌既違無煩瑣注然而理趣同歸識者亦必望而知其出自菜根譚夫菜根譚實兼佛老莊列融會程朱陸王識者又必望而知菜根譚之所自出也金錢記

图书在版编目(CIP)数据

辛酉杂纂 / 金钺. —北京：中国书店，2012.6
（中国书店藏版古籍丛刊）ISBN 978-7-5149-0337-9

Ⅰ.①辛… Ⅱ.①金… Ⅲ.①随笔—作品集—中国—民国②读书笔记—中国—民国 Ⅳ.①I266.1②G792

中国版本图书馆CIP数据核字（2012）第076105号

ISBN 978-7-5149-0337-9
9 787514 903379 >

中國書店藏版古籍叢刊 一函三册

辛酉雜纂

作者 金鉞 著
出版發行 中国书店
地址 北京市琉璃廠東街一一五號
郵編 一〇〇〇五〇
印刷 北京華藝齋古籍印務有限責任公司
版次 二〇一二年五月
書號 ISBN 978-7-5149-0337-9
定價 一二〇〇元